ARIE JOSEPH FOURBOUI..

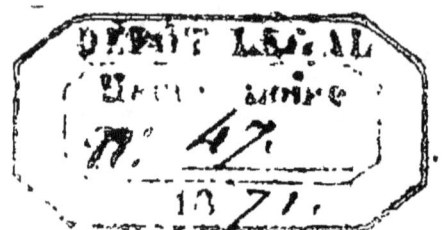

LE RÉCIT

D'UNE MÈRE

LE PUY
Imprimerie Pharisier, place du Breuil.
1871

LE RÉCIT

D'UNE MÈRE

. . . .

ustement a rmés Horace et Virgilie

De   redoutant l'implacable furie,

Pour se mettre à couvert de son ressentiment,

De Rome dans la nuit sortent secrètement.

Quittant même l'Europe ils partent pour l'Asie,

Deux semaines après débarquent en Mysie,

Et fixent dans Éphèse ensuite leur séjour.

    Près de la mer ils vont vers le soir d'un beau jour :

On ne voit dans le ciel flotter aucun nuage,

Les vagues doucement caressent le rivage,

Et, tandis que du jour baisse l'astre brillant,

La lune dans les airs s'élève à l'orient.

Les deux jeunes romains ensemble prennent place

Sur la cime d'un roc qui domine l'espace

Et contemplent ravis du site merveilleux

La splendide nature, et la terre et les cieux,

Et la mer qui toujours dans son lit se balance.

--- Pourrais-je, dit Horace après un long silence,

Savoir comme durant votre captivité

Rien ne ternit l'éclat de votre pureté?

--- Pour sauver ma vertu, lui répond Virgilie,

J'eus le soin d'implorer le secours de Marie.

Connaissant ma faiblesse, à l'heure du danger

Je dis : — Mère de Dieu, daignez me protéger,

Soyez mon assistance et montrez-vous ma mère.

— Et Marie à l'instant exauça ma prière.

Il m'apparut un ange éclatant de beauté,

Qui vers moi s'avançant me dit avec bonté :

— En Marie à bon droit tu mis ta confiance

Par son ordre je viens te servir de défense.

Pour te séduire on fait des efforts impuissants,

Je conserverai purs et ton cœur et tes sens.

— Depuis lors Oriel, mon ange tutélaire

Pour moi plein de douceur, enflammé de colère

Contre quiconque osa ne pas me respecter,

N'a laissé ni Néron ni d'autres m'insulter.

A ce propos je dois vous prévenir, Horace,

Que si jamais vous-même avez assez d'audace

Pour manquer de respect à ma virginité,

Oriel punira votre témérité.

— Virgilie, en mon âme un désir vient de naître.

Je voudrais qu'à mes yeux daignât aussi paraître

Le céleste gardien qui défend votre honneur.

— Vous aurez de le voir, comme moi, le bonheur,

Si, contre les faux-dieux prononçant anathême

Et devenant chrétien dans les eaux du baptême,

Vous offrez à Jésus, selon votre devoir,

Votre encens que lui seul a droit de recevoir.

— Et la mère du Dieu que Virgilie adore

Est-elle dans le ciel ou bien vit-elle encore ?

— Elle vit, et je sais qu'elle est même en ces lieux.

Après que Jésus-Christ fut monté dans les cieux,

Désirant faire au loin connaître sa doctrine,

L'apôtre bien-aimé quitta la Palestine,

Et mena de Sion la Sainte Vierge ici.

Oh ! s'il m'était donné de la voir... — Comme ainsi

Pieusement ensemble ils causaient, du rivage

S'approchait une femme au céleste visage.

LA SAINTE VIERGE.

Rien ne peut exprimer la beauté de ses yeux

Ni de ses traits divins l'ensemble harmonieux.

Tout semble l'honorer comme une souveraine :

Le vent sur son passage adoucit son haleine,

Des arbres tour-à-tour s'abaissent les rameaux,

La terre sous ses pieds tressaille, des oiseaux

Voltigent à l'entour en chantant ses louanges,

Et Virgilie a vu dix à douze mille anges

Aussi beaux qu'Oriel, aussi resplendissants

Devant elle inclinés comme des courtisans.

Sitôt qu'il l'aperçoit : --- O ciel ! s'écrie Horace,

Jamais une mortelle cût-elle tant de grâce,

De noble modestie et de chaste beauté ?

De l'olympe sans doute une divinité,

Diane ou bien Minerve... — Et soudain Virgilie :

— De mon Dieu c'est la mère... ô bonheur ! c'est Marie

Oriel est déjà près d'elle prosterné

Et d'un surcroît de gloire il est environné.

--- Elle, tombe à ces mots de joie évanouie:

Elle a bientôt après la faveur inouïe

De se voir dans les bras de la Reine des cieux.

Du bonheur qu'on possède au séjour glorieux

Il lui semble goûter la délirante ivresse.

Du côté de la ville en ce moment s'empresse

Vers la Vierge Marie à grands pas d'accourir

Jean à qui le Sauveur sur le point de mourir

Confia l'heureux soin de protéger sa mere.

Tous deux font à genoux, le front dans la poussière,

Au coucher du soleil, la prière du soir.

Tous au bord de la mer vont ensuite s'asseoir.

La sainte Vierge, après un moment de silence :

— Rendons gloire, dit-elle, à la toute puissance

De Celui qui d'un mot fit sortir du néant

L'air et la terre et l'onde et dans le ciel brillant

Le soleil et la lune et les blanches étoiles.

La nuit qui se revêt de magnifiques voiles,

Après la nuit le jour éclatant de splendeur

Du Dieu qui les créa racontent la grandeur.

C'est toi, Verbe mon fils, qui donnas l'existence

A ce bel univers... Avec magnificence

Tu règnes entouré des anges et des saints

Qui bénissent ton nom dans leurs concerts divins. .

Et moi je suis encore ici bas... Sur ta mère

Abaisse ton regard, écoute ma prière,

Mets fin à mon exil... — Elle reste à ces mots

Les yeux fixés au ciel. On n'entend que les flots,

Tandis que tout se tait au loin dans la nature,

Se jouant sur la plage avec un doux murmure,

— Que j'aimerais, Marie, entendre raconter
Par vous-même comment daigna nous racheter
Votre fi's, l'homme-Dieu. — Virgilie à voix basse
Vient de parler ainsi : — Marie à Dieu rend grâce.
—Seigneur, dit-el'e, en toi mon divin Rédempteur
D'amour et d'allégresse a tressailli mon cœur.
Jetant du haut des cieux les yeux sur ta servante
Tu la comblas de biens, ta main toute puissante
Forçant les orgueilleux à courber leur grandeur
Voulut bien revêtir les humbles de splendeur.
Brisant des potentats les sceptres et les trônes
Sur le front des petits tu plaças des couronnes,
Et, grâce à tes bienfaits, dans la suite des temps
L'univers me rendra des honneurs éclatants.
Tous ceux qui pénétrés des sentiments de crainte
Qu'inspire ta justice, observent ta loi sainte,
De serments solennels gardant le souvenir,
D'âge en âge, Seigneur, tu daignes les bénir.
— Après ce chant de joie et de reconnaissance
La mère du Sauveur en ces termes commerce
L'histoire de son fils : — J'étais seule à genoux
Dans la pauvre maison de Joseph mon époux,

Priant Dieu d'envoyer pour notre délivrance
L'objet de nos désirs et de notre espérance,

L'ANNONCIATION.

Quand tout-à-coup je vois apparaître à mes yeux
L'archange Gabriel que du plus haut des cieux
Députe à Nazareth la majesté divine.
Il s'approche de moi, profondément s'incline,
Et m'informe que Dieu de toute éternité
Voulant sauver le monde enfin dans sa bonté
Va nous donner son fils qui de notre nature
Doit se vêtir au sein d'une vierge très-pure.
— J'ai d'apprendre cela, lui dis-je, un grand plaisir,
Je vois enfin comblé mon plus ardent désir.
— L'honneur devant lequel toute gloire s'efface
D'enfanter le Sauveur, vierge pleine de grâce,
Vous est offert, me dit ensuite Gabriel,
Et pour vous l'annoncer j'arrive ici du ciel.
D'un Dieu fait homme en vous vierge en même temps
                                                    [mère
Le Saint-Esprit voudrait accomplir le mystère,

Consentez-vous, Marie, au désir du Seigneur?

— Je répondis alors l'âme ivre de bonheur :

Soit faite en moi de Dieu la volonté puissante,

Il est souverain maître, et voici sa servante.

— A peine eus-je parlé que le Verbe divin

Miraculeusement s'incarna dans mon sein.

En même temps que Lui descendirent des anges,

Et j'offris avec eux depuis lors mes louanges

A ce Dieu que bientôt j'appellerais mon fils :

—Plus de huit mois après Joseph et moi soumis

Au décret par lequel on venait de prescrire

Que chacun sans retard eût à se faire inscrire

Dans la ville ou le bourg d'où sortaient ses aïeux,

Comme nous descendions de David tous les deux,

Nous nous étions rendus dans la petite ville

De Bethléem qui n'eut pour nous seuls point d'asile.

NAISSANCE DE NOTRE-SEIGNEUR JÉSUS-CHRIST.

Au milieu de la nuit, par un temps sombre et froid

Nous allâmes chercher au dehors un endroit

Qui pût nous abriter ; bientôt dans la campagne

Nous trouvons une grotte aux flancs d'une montagne.

A peine entrés, ô ciel ! tout-à-coup nous voyons

Jésus nous apparaître entouré de rayons.

Lorsque je L'aperçois, ma surprise est profonde.

D'un bonheur infini mon âme surabonde.

De l'univers entier le maître glorieux,

Le fils de l'éternel, Celui qui dans les cieux

Devant sa majesté voit s'incliner les anges,

Devenu mon enfant, je Le revêts de langes.

Tendrement mille fois je pressai sur mon sein

Et couvris de baisers le Rédempteur divin.

Je L'appelai n on fils... je Le vis me sourire,

Et je L'entendis même avec amour me dire :

— Ma mère... — dans les airs des esprits glorieux

Retentirent bientôt les cantiques joyeux.

ADORATION DES BERGERS.

Je vis en même temps de tout le voisinage

Des bergers accourir pour rendre leur hommage.

Et faire des présents à leur maître nouveau.

Chacun d'eux incliné sur son pauvre berceau

Lui dit : --Céleste enfant, ô mon Dieu, je T'adore,

Je Te donne mon cœur, Te bénis et T'implore.

ADORATION DES MAGES.

Dix jours après conduits par un astre brillant

Viennent à Bethléem trois rois de l'Orient

Vénérer l'Enfant-Dieu ; courbés en sa présence

Ils Lui baisent les pieds, L'adorent en silence,

Puis ouvrant leurs trésors Lui donnent pour présents

De l'or et de la myrrhe ainsi que de l'encens.

PRÉSENTATION AU TEMPLE.

Quarante jours après sa naissance, soumise

A la prescription de la loi de Moïse

Qui commande d'offrir à Dieu tout premier-né,

Je porte mon enfant au temple où prosterné

Aux pieds des saints autels devant nous se présente

Siméon qui prenant dans ses bras mon fils, chante :

--Mes vœux sont accomplis: maintenant, ô mon Dieu,

Ton serviteur en paix quittera ce bas-lieu,

Puisque mes yeux ont vu celui que ta clémence

A la terre a donné pour être l'espérance,

La gloire d'Israël, des gentils le flambeau,

Lorsqu'il sera sorti triomphant du tombeau.

-- Puis s'adressant à moi, Siméon, me dit :-- Femme,

Un glaive de douleur transpercera ton âme.

--Cependant lorsqu'Hérode apprend qu'un nouveau roi

Vient de naître, saisi de tristesse et d'effroi,

Et craignant de se voir enlever sa puissance,

Il veut faire périr mon fils dès sa naissance.

Mais la nuit à Joseph un ange apparaissant :

--- Je t'ordonne, dit-il, au nom du Tout-Puissant,

Pour leur faire d'Hérode éviter la colère,

De mener en Egypte et l'enfant et sa mère.

FUITE EN EGYPTE.

Joseph de suite est prêt à partir pour les lieux

Où commande d'aller le messager des cieux.

Ainsi que mon époux, cet ordre je l'adore.

N'attendant même pas que se lève l'aurore,

Nous quittons Nazareth, et prenons le chemin,

En Dieu nous confiant, de ce pays lointain,

Où de mon divin fils doit s'écouler l'enfance.

Le voyage fut long, mais par la Providence

Contre tous les périls nous fûmes assurés.

Dans une immense plaine une fois égarés

Nous errâmes longtemps par une nuit obscure.

J'avais pour me porter une bonne monture,

Et mon fils endormi reposait sur mon sein.

Joseph marchait devant, un bâton à la main,

Implorant, comme moi, l'assistance divine.

UNE GROTTE.

Allant à l'aventure, aux pieds d'une colline

Sous un bloc de granit nous trouvâmes enfin

Un abri dans un large et profond souterrain.

C'était de trois voleurs le dangereux repaire.

Ils causaient tous les trois près d'un feu de bruyere.

Assise dans un coin l'épouse de l'un d'eux

Abaissait tendrement un regard douloureux

Sur son enfant couvert d'une lèpre hideuse.

Cette femme envers nous fut bonne et gracieuse.

Quand nous fûmes un peu de nos courses remis,

Je demandai de l'eau pour en laver mon fils.

Imitant mon exemple ensuite notre hôtesse

Avec l'eau dont je viens de me servir s'empresse

De laver elle aussi le corps de son enfant.

Il est guéri soudain, et d'un air triomphant

Sa mère nous fait voir ses mains et sa figure

Et ses pieds n'ayant plus ni douleur ni souillure.

Cet enfant, nommé Dyme, ensuite il me fut dit

Que devenu jeune homme il s'était fait bandit.

Il fut l'un des voleurs qui mourut au calva're

A côté de mon fils ; à son humble prière

De ses crimes Jésus accorda le pardon.

C'est lui qui fut dès lors appelé bon larron.

LE DÉSERT.

Après avoir passé la nuit la plus tranquille

Couchés sur la bruyère en notre sombre asile,

Au lever du soleil sur pied le lendemain,

Nous primes de l'exil encore le chemin.

Les trente premiers jours d'un pénible voyage

A travers un pays sablonneux et sauvage

Nous ne vimes point d'eau ni de plantations

Et nous n'entendions rien si ce n'est des lions,

Dont les cris nous faisaient tressaillir d'épouvante.

LE SIMOUN.

L'atmosphère au midi parut un jour sanglante ;

Le sable ce jour-là faillit nous engloutir :

Des entrailles du sol nous entendions sortir

Comme un bruit de tonnerre, une chaleur intense

Nous suffoquait. Soudain la tempête commence.

Le sable soulevé par un vent furieux

Tourbillonne dans l'air, s'élance vers les cieux ;

Ne pouvant avancer ma monture s'arrête

Et baisse tristement jusqu'à terre la tête.

Point d'abri nulle part et le sable brûlant

Toujours autour de nous roule en s'amoncelant.

De Joseph et de moi navrante est la détresse.

Je plains surtout mon fils, sur mon sein je le presse,

Et tâche de le mettre à couvert de mon mieux

En étendant les mains sur sa bouche et ses yeux.

Deux heures environ continua l'orage.

Enfin le vent se calme, et de notre voyage

Nous poursuivons le cours, mais nos provisions

S'épuisent, et bientôt de vivres nous manquions.

UNE OASIS.

Aprés plus de trois jours de cruelle souffrance,

Nous sentimes renaitre en nos cœurs l'espérance,

Lorsque nous apparut un verdoyant palmier,

Dont nous vimes vers nous les rameaux se plier.

A ses pieds d'un ruisseau coulait l'eau fraiche et claire.

Pour comble de bonheur une abondante chère

S'offrant à nos regards, nous comprimes que Dieu

L'avait fait par un ange apporter en ce lieu.

Nous mettant à genoux, envers la Providence

Nous exprimons d'abord notre reconnaissance,

Et puis nous asseyant à l'ombre du palmier

Nous avons le plaisir de nous rassasier

Des mets de ce repas que le bon Dieu nous donne;

Joseph abondamment s'en approvisionne.

Après un long repos nous quittons l'oasis

Et sans autre aventure arrivons à Memphis.

MEMPHIS.

En entrant, d'un palmier nous vimes le feuillage

Frémir en s'inclinant, et sur notre passage

Se brisèrent les dieux d'or, de marbre et d'airain.

Manquant les premiers jours de tout, même de pain

Nous dûmes implorer l'assistance publique.

De charpentier bientôt levant une boutique

Joseph eut du travail, et put dès ce moment

Pour nous entretenir gagner suffisamment.

Je n'étais pas non plus moi-même sans ouvrage.

Hors le temps occupé par les soins du ménage,

Tout en ayant les yeux sur mon fils je filais

De la laine et du lin qu'ensuite je tissais,

Où me livrant encore aux travaux de l'aiguille

Je faisais des habits pour toute la famille.

L'ENFANT JÉSUS.

Cependant nous voyions l'enfant divin grandir

Et d'un nouvel éclat chaque jour resplendir

De ses traits gracieux la beauté ravissante.

Son regard était doux, sa bouche souriante,

Et quand il nous parlait de la gloire des cieux,

Son front nous apparut souvent tout radieux.

Sa vue et ses discours dissipaient la tristesse;

Même à l'ennui parfois succédait l'allégresse

Dès que l'on avait pu voir et baiser mon fils.

RETOUR A NAZARETH.

Nous avions habité près de sept ans Memphis,

Lorsque la nuit un ange à mon époux vint dire:

--- Le roi de la Judée en ce moment expire ;

Cette terre d'Egypte, il faut l'abondonner,

Et dans votre pays de suite retourner.

--- Pour suivre du Seigneur le précepte adorable,

Nous nous mettons en route, et le désert de sable

Où la première fois nous dûmes tant souffrir,

Péniblement encore il faut le parcourir.

Après quarante jours d'une marche forcée

La longue solitude est enfin traversée,

Et bientôt je revois l'humble habitation

Où l'ange Gabriel de l'incarnation

Vint du ciel m'annoncer l'ineffable mystère.

C'est là que le Sauveur, comme nous solitaire,

Vécut dans le silence et dans l'obscurité

Ne faisant rien qui pût de sa divinité

A ses concitoyens donner la connaissance.

VOYAGE A JÉRUSALEM.

Pour suivre de nos lois une antique ordonnance

A Pâques tous les ans au temple nous allions

Présenter au Seigneur nos adorations.

Jésus vint avec nous en sa douzième année.

Tous ceux de Nazareth, la fête terminée,

Nous partimes nombreux, par groupes réunis.

Nous étions déjà loin, quand de mon divin fils

Soudain avec effroi je remarquai l'absence.

De sa perte à Joseph je donnai connaissance.

Bientôt remplissant l'air de nos cris douloureux

Nous fûmes retournés à Sion tous. les deux.

JÉSUS RETROUVÉ AU TEMPLE.

L'enfant que nous cherchions en répandant des larmes

Fut trouvé dans le temple après trois jours d'alarmes.

Au milieu des docteurs ils les interrogeait,

Lui-même aux questions sagement répondait,

Et tous étaient ravis de voir un tel prodige.

Quand Il fut avec nous : — Pourquoi, mon fils, lui
[dis-je,

Nous affliger ainsi ? vivement tourmentés

Nous Te cherchions ton père et moi de tous côtés.

--Pourquoi, répondit-il, me cherchiez-vous, ma mère?

Ne saviez-vous donc pas que je dois de mon père

Ici-bas avant tout faire le bon plaisir ?

--- Ce qu'alors Il me dit, je ne pus le saisir.

VIE CACHÉE A NAZARETH.

Le Sauveur avec nous revint dans notre ville

Où pendant dix-huit ans nous Le vimes docile,

Aimant la solitude et le travail, pieux,

Humble, doux, patient, miséricordieux.

Chaque jour Il croissait en vertus comme en âge.

Il m'aidait dans les soins de mon petit ménage,

Lorsqu'Il était enfant ; pour servir d'ouvrier

Plus tard à mon époux, Il devint charpentier,

Et comme un apprenti qui ne saurait rien faire

Il apprit de Joseph à manier l'équerre,

La scie et le compas et les autres outils.

Jusqu'à trente ans vécut ainsi mon divin fils.

Pas riches, mais ayant une modeste aisance

Nous menions une obscure et tranquille existence.

DERNIERS MOMENTS DE JOSEPH.

Usé par un travail difficile, incessant,

Et sous le poids de l'âge au reste s'affaissant

Joseph de jour en jour s'inclinait vers la tombe.

(Combien ce souvenir m'est triste encore !) il tombe

D'épuisement enfin malade gravement.

Jésus et moi dès lors nous fumes constamment

Nuit et jour empressés à lui rendre service.

Comme il allait mourir, — que ta main le bénisse,

Dis-je à mon fils en pleurs à travers mes sanglots

--- Et Jésus le bénit en lui disant ces mots :

--- Ame´sainte, partez de ce lieu de souffrance.

---.Joseph alors, le front rayonnant d'espérance

Et le cou de nos bras entouré tendrement,

Levant les yeux au Ciel, expira doucement.

VIE PUBLIQUE

DE

NOTRE-SEIGNEUR JÉSUS-CHRIST.

Trente deux jours après mon fils me dit : ---ma mère,

Est venu le moment où je dois de mon père

Qui règne dans les cieux prêcher enfin la loi,

Eclairer la raison du flambeau de la foi,

Dissiper le mensonge et combattre le vice.

Des hommes je m'attends à souffrir l'injustice,

Et même de certains les coups et les mépris,

Mais je les aime et veux les sauver à tout prix,

Pour eux sur le démon remporter la victoire,

Satisfaire à mon père et procurer sa gloire.

--- Ayant ainsi parlé, le divin Rédempteur

Sortit de Nazareth ; comme le bon pasteur

Va chercher au dehors la brebis égarée ,

Ainsi Lui s'en alla dans toute la contrée

Qu'arrose le Jourdain, aux hommes ignorants,

Pour les tirer d'erreur, prêcher pendant trois ans

Une doctrine vraie, une morale pure,

Et commander en maître aux lois de la nature.

MIRACLES.

Voici quelques effets de son pouvoir divin :

Aux noces de Cana l'eau fut changée en vin ;

Furent guéris beaucoup de muets, d'hydropiques,

D'aveugles, de lépreux et de paralytiques.

De la mer en fureur Il apaisa les flots,

Comme sur un sol ferme il marcha sur les eaux,

Refoula les démons au fond des noirs abimes,

Plusieurs fois à la mort arracha ses victimes,

Un jeune homme à Naïm, la fille de Jaïr,

Lazare à Béthanie..., et se fit obéir.

Quand et comme il voulut, de la nature entière.

On 'vit la terre, l'eau, le feu, l'air, la lumière

Très-dóciles toujours à ses commandements.

Tandis qu'Il dominait ainsi les éléments....

Interrompant Marie, en ces mots parle Horace :

— Sainte Vierge, daignez permettre que je fasse

Une observation : si de Jésus vraiment

Telle fut la puissance, incontestablement

Votre fils possédait la nature divine.

— Doucement Virgilie alors vers lui s'incline.

— Horace, que cela, lui dit-elle, ait eu lieu,

Pouvez-vous en douter, quand la mère de Dieu

De ces miracles vient d'affirmer l'existence ?

— Du jeune homme Marie excusant l'ignorance :

— Horace, lui dit-elle, il n'est rien de plus vrai

Que ces faits merveilleux ; je vous raconterai.

En quelques mots d'abord ce que j'ai vu moi-même.

NOCES DE CANA.

A Cana, le front triste et la figure blême,

Vers la fin du diner, le jeune époux soudain

Vint me dire tout bas : — Nous n'avons plus de vin.

— Me penchant vers Jésus : — le vin manque, lui
[dis-je,

Pour nos hôtes daignez, mon fils, faire un prodige.

— Que d'eau pure, dit-il, six vases soient remplis.

— Ses ordres promptement sont alors accomplis.

Lorsqu'un instant après dans les urnes l'on prise,

On y trouve du vin d'une saveur exquise.

LE FILS DE LA VEUVE DE NAÏM.

Le fait suivant encor je l'ai vu de mes yeux.

Jésus environné d'un cortége nombreux

Se rendait à Naïm, lorsque prés de la porte

Il trouve le convoi d'un défunt que l'on porte

Où repose son père en dehors des remparts.

Se frappant la poitrine, et les cheveux épars

Et les yeux tout en pleurs, sa mère inconsolable

Exhale en cris plaintifs la douleur qui l'accable.

Jésus avec bonté lui dit : --- Ne pleure pas.

--- Il commande aux porteurs de ralentir le pas,

S'approche du défunt, qu'à la fleur de son âge

A moissonné la mort, pose sur son visage

Sa main droite, et lui dit d'un ton impérieux :

--Jeune homme, lève-toi. -- De suite ouvrant les yeux

Le jeune homme respire et sur ses pieds se dresse.

Vite accourant sa mère entre ses bras le presse,

Et pendant ce temps-là tout le peuple à grands-cris

Levant les mains au ciel exalte de mon fils

Qu'il reconnait pour Dieu la suprême puissance.

Puis la mère et le fils pleins de reconnaissance

Viennent baiser ses pieds respectueusement.

LA FILLE DE JAÏR.

Comme le peuple un jour avec ravissement

De mon fils écoutait la parole adorable,

Jaïr, un prince juif, de la foule innombrable

Avec beaucoup de peine ayant fendu les flots

S'approche du Sauveur et lui parle en ces mots,

Pendant que de ses yeux coule un torrent de larmes :

— Ayez pitié de moi, dissipez les alarmes

D'un père infortuné : ma fille va mourir,

Venez, Seigneur, d'un mot vous pouvez la guérir.

— Emu de son malheur, mon divin fils de suite

Accueille sa demande, et se met à sa suite.

Une femme en chemin touche son vêtement,

Et se trouve aussitôt guérie entièrement

D'un mal invétéré. — Ma fille, confiance,

Lui dit Jésus, ta foi reçoit sa récompense.

— Un ami de Jaïr accourt tout hâletant.

— Votre fille, dit-il, vient hélas ! à l'instant

D'expirer... Veuillez donc laisser Jésus tranquille,

Sa visite serait maintenant inutile.

— Jaïr, lui dit mon fils, ne craignez nullement,

Mais ayez bon espoir, et croyez fermement.

— Rendus à la maison, à nos yeux se présente

Du deuil le plus navrant la scène attendrissante.

De la mère surtout extrême est la douleur,

Elle ne sait comment déplorer son malheur.

Eparse autour du cou flotte sa chevelure,

Ses yeux sont égarés, le long de sa figure

Des larmes sur son sein ruissellent à grands flots ,

Et les airs sont remplis de déchirants sanglots.

Vers elle s'avançant mon fils avec tendresse :

--- Femme, dit-il, pourquoi cet excès de tristesse?

Ta fille seulement dort d'un profond sommeil .

Et tu seras bientôt témoin de son réveil.

--- Elle répond : --- Seigneur, je sais bien qu'elle est
[morte.

--- Bien vite cependant Jaïr ouvre la porte

De la chambre où tantôt l'enfant vient de mourir.

Ceux qui suivaient Jésus se hâtent d'accourir.

Le Sauveur près du lit fait ranger la famille.

— Je l'ordonne, dit-il, lève-toi, jeune fille.

— Et tous les assistants nous la voyons soudain

Se lever, et Jésus la prenant par la main

Avec empressement la remet à sa mère.

Elle est bientôt après dans les bras de son père,

Et le nom de mon fils jusqu'au ciel est porté.

LAZARE.

Pour Lazare, en ces mots il me fut raconté

Comme il ressuscita, par sa sœur Madeleine.

— Après avoir été malade une semaine

En dépit de nos soins notre frère mourut

Et lorsque pour le voir le Sauveur accourut

Depuis plus de trois jours il était dans la tombe.

Aux pieds de votre fils en pleurant ma sœur tombe.

— Que n'étiez-vous ici, dit-elle tout d'abord ?

Certainement, Seigneur, il ne serait pas mort.

— Le Sauveur lui répond : Console-toi ; ton frère

Sortant de son tombeau reverra la lumière.

— Oui, sans doute, Seigneur, au jour du jugement.

— Marthe, je suis la vie, et qui croit fermement

A cette vérité, doit avoir l'espérance

Que se prolongera sans fin son existence.

Comprends-tu ce discours? crois-tu ce que je dis ?

— De Dieu je crois, Seigneur, que vous êtes le fils,

Et qu'envers nous touché d'une pitié profonde

Vous êtes descendu des cieux dans ce bas monde.

— Pendant cet entretien, dans le ravissement

Où j'étais de le voir, silencieusement

Je restais à ses pieds oubliant ma tristesse,

Pour mieux dire, le cœur plein d'une douce ivresse.

--- De Lazare, dit-il, montrez-moi le tombeau.

--- Nous allâmes ensemble au funèbre caveau,

Dont le Sauveur se fit de suite ouvrir la porte.

--- Lazare, viens dehors, dit-il d'une voix forte.

---A l'ordre de son Dieu mon frère obéissant

Apparait dans la tombe aussitôt se dressant,

Et tous nous tressaillons de stupeur et de joie

En voyant qu'à la mort échappe ainsi sa proie.

LA TEMPÉTE APAISÉE.

Le soir même du jour qu'eut lieu l'évènement

Pierre me raconta comme subitement

Mon divin fils venait d'apaiser un orage.

--- Le Sauveur avec nous, dit-il loin du rivage,

Sous un beau ciel d'azur voguait en pleine mer.

Un nuage soudain s'est déployé dans l'air,

Sillonné par la foudre en grondant il s'avance,

Tandis que l'aquilon souffle avec violence.

S'entrechoquent bientôt les vagues en fureur.

Nous sommes tous remplis de trouble et de terreur

Quand nous voyons ma barque en tous sens ballottée

Jusqu'au fond de la mer tantôt précipitée,

De l'abime tantôt vers le ciel bondissant.

Les flots impétueux contre elle en mugissant

Déferlent. Sous leurs coups violemment chancelle

Et risque de sombrer la fragille nacelle,

Et cependant Jésus dort d'un profond sommeil.

Nous n'osions pas d'abord provoquer son réveil.

Le péril est si grand, la mort si menaçante

Qu'à la fin nous crions : --- Que votre main puissante

Nous conserve, Seigneur, --- Réveillé par nos cris

Il se lève de suite, et nous sommes surpris

De voir le plus grand calme empreint sur sa figure.

Du geste et du regard d'abord il nous rassure.

--Vous êtes tout tremblants, d'où vous vient cet'émoi?

Que craignez-vous, dit-il, hommes de peu de foi ?

--- Tandis qu'une auréole environne sa tète,

D'une voix dominant les bruits de la tempête :

--- Cessez-donc, a-t-il dit, tonnerre, de rugir,

Et toi, vent, de souffler, et vous, flots, de mugir.

--- A son commandement le tonnerre docile

Se tait, le vent se calme, et la mer est tranquille.

LA TRANSFIGURATION

C'est de Jean que j'appris après l'Ascension

Le miracle suivant : --- avant la passion,

Un jour, raconta-t-il, tandis que dans la plaine

Les autres sont laissés, votre fils nous emmène

Pierre, mon frère et moi sur le mont élevé

Qu'on appelle Thabor ; à la cime arrivé

Il découvre à nos yeux sa divine nature.

Bien plus que le soleil resplendit sa figure,

Et de ses mains, surtout de son cœur nous voyons

Jaillir en scintillant d'étincelants rayons.

Ainsi qu'un vêtement la gloire l'environne,

Et la lumière sert à son front de couronne·

Puis Elie et Moise apparaissant, tous deux

L'adorent inclinant leurs fronts respectueux,

Et parlent avec lui des horribles supplices

Qu'il doit bientôt souffrir. --dans ce lieu de délices,

Maitre. on est bien, dit Pierre, établissons ici

Des tentes pour vous trois.--Comme il parlait ainsi,

Nous fûmes ombragés par un brillant nuage,

D'où sortit une voix qui nous tint ce langage :

--- C'est mon fils, tendre objet de mon affection,

C'est le Verbe, chaque homme a l'obligation

D'écouter sa parole, et de la prendre ensuite

Elle seule toujours pour règle de conduite.

--La face contre terre à demi-morts d'effroi

A ces mots nous tombons mes compagnons et moi.

--- Nous touchant : --- Levez-vous, nous dit le divin
[maitre,

Et puis il ajouta : --- Vous ne ferez connaitre

Ce qui vient d'arriver que lorsque dans les cieux

Je serai devant vous remonté glorieux.

--- Horace, de ces faits, de mille autres encore

Les apôtres partout, du couchant à l'aurore,

Et du nord au midi prêchent la vérité,

Et vainement contre eux lutte l'iniquité,

Le flambeau de la foi chasse la nuit profonde

Dans laquelle est assis depuis longtemps le monde.

Croulent de toutes parts les temples des faux dieux,

Mon fils est adoré déjà dans tous les lieux.

DOCTRINE.

Tandis que de son bras éclatait la puissance,

De sa morale au peuple il donnait connaissance.

LES BÉATITUDES.

En ces termes un jour il prêcha : --- Bienheureux

Ceux qui sont pauvres, purs, humbles, doux, géné-
[reux,

Ceux qui foulant aux pieds le mensonge et le vice

Fermes dans le devoir souffrent pour la justice,

Tout ceux là dans le ciel pendant l'éternité

Partageront ma gloire et ma félicité.

LE BON EXEMPLE.

Une ville bâtie aux flancs d'une colline

Se voit facilement des lieux qu'elle domine,

Et lorsque dans la nuit on allume un flambeau,

On ne le place pas au-dessous d'un boisseau,

Mais sur un chandelier, pour qu'au loin il éclaire.

Qu'aux yeux de tous ainsi brille votre lumière,

Afin que connaissant vos bonnes actions

Le monde offre au Seigneur ses adorations.

RÉCONCILIATION.

Autrefois il fut dit : - - vous pouvez d'une offense

Tirer, si bon vous semble, une juste vengeance.

--- Moi je vous dis : --- n'ayez aucun ressentiment,

Un mot injurieux mérite un châtiment.

Pensez-vous, sur le point d'offrir un sacrifice,

Que quelqu'un peut de vous se plaindre avec justice,

Avant de présenter à l'autel votre don,

Allez de votre frère implorer le pardon.

Ayez dans vos rapports beaucoup de patience.

Envers vos ennemis faites-vous violence

Tout le temps qu'avec eux vous êtes en chemin,

De peur qu'on ne vous livre au juge souverain,

Dont il faudrait subir l'inflexible sentence

Qui vous condamnerait à ce lieu de souffrance

Et d'expiation, d'où l'on sort seulement

Après avoir payé sa dette entièrement.

VIE DE SACRIFICE.

Si le devoir l'exige, affrontez les supplices,

Pour la gloire de Dieu faites des sacrifices.

Par dessus tout fuyez la luxure et l'orgueil:

Coupez-vous une main, arrachez-vous un œil,

S'ils vous portent au mal, et comme votre père

Qui règne dans les cieux fait briller sa lumière

Sur les hommes de bien, aussi sur les méchants,

Soyez bons envers tous; pour régler vos penchants,

Veillez sur vous, priez, faites-vous violence.

Le devoir avant tout. Aimez la continence;

Qu'à l'esprit soient toujours assujettis les sens.

Ayez soin de n'offrir qu'à Dieu seul votre encens.

Foulez aux pieds l'honneur, le plaisir, la richesse.

Dans la seule vertu consiste la sagesse.

AMOUR DES ENNEMIS.

Il ne vous suffit pas d'aimer vos bienfaiteurs,

Faites encor du bien à vos persécuteurs.

Dans votre âme étouffez tout désir de vengeance,

Et généreusement pardonnez une offense ;

Pour Dieu malgré leurs torts aimez vos ennemis.

LA PROVIDENCE

Voyez-vous dans les champs les roses et les lis?

Ces fleurs tiennent de Dieu leur brillante parure.

A l'oiseau qui l'invoque il donne sa pâture.

De vous certainement il aura soin aussi.

Partant, du lendemain n'ayez pas trop souci,

A chacun de vos jours suffira sa malice.

Avant tout cherchez Dieu, sa gloire et sa justice,

Ensuite vous aurez le reste par surcroît.

NE PAS JUGER LES AUTRES.

De chacun ayez soin de respecter le droit,

Vos yeux sont trop ouverts sur les défauts des autres

Et malheureusement pas assez sur les vôtres.

Si les autres par vous ne sont pas condamnés,

Vous serez du Seigneur vous-mêmes pardonnés.

PURETÉ D'INTENTION.

Point de respect humain : quoiqu'on dise et qu'on
[fasse,

Surmontant la nature et secondant la grâce,

Vous, sans jamais faiblir devant l'iniquité,

Remplissez vos devoirs avec humilité.

L'hypocrite déploie un large phylactère,

Publiquement il fait le front haut sa prière,

Ce qu'aux pauvres il donne est partout publié,

Il prend, sitôt qu'il jeûne, un air mortifié,

Agissant de la sorte, afin que sa justice

Des hommes soit connue et pour qu'on l'applaudisse.

Sotte est cette conduite, et pour l'éternité

Par toutes ses vertus il n'a rien mérité.

Vous, ayez constamment une intention pure,

Tout pour Dieu. Jeûnez-vous? lavez votre figure,

Votre tête, oignez-la de parfums précieux.

Rien pour l'homme, cachez vos vertus à ses yeux.

LA PRIÈRE

De Dieu dans vos besoins demandez l'assistance

Avec attention, respect, foi, confiance.

La prière est un baume aux tristesses du cœur.

Du monde et de Satan par elle on est vainqueur,

Et par elle on obtient, pour prix de sa victoire,

Dans l'immortel séjour la couronne de gloire.

LA PERFECTION

De même qu'est parfait votre père des cieux,

Soyez-le vous aussi chacun de votre mieux.

Malgré vos passions pratiquez la justice,

Et de votre salut élevez l'édifice

Établissant en bas la foi pour fondement

Et l'amour au sommet comme couronnement.

MAISON BATIE SUR LE SABLE.

Il ne vous suffit pas d'avoir la connaissance

Des préceptes divins, il en faut l'observance.

Ne pas régler ses mœurs sur mon enseignement

C'est manquer de prudence, agir moins sagement

Que celui qui bâtit sa maison sur le sable.

Parce qu'elle n'est pas sur un fondement stable,

Quand des vents un peu forts commencent à souffler

Et les ruisseaux coulant tout près d'elle à s'enfler,

De suite elle s'écroule, et grande est sa ruine.

MAISON BATIE SUR LE ROC.

L'homme, dont la conduite est selon ma doctrine

Est semblable à celui qui très-solidement

Sur le roc le plus dur construit un bâtiment.

Que sur cette maison vienne à tomber la pluie,

Que dans le même temps elle soit assaillie

Et par les tourbillons de vents impétueux

Et par des eaux roulant d'un cours torrentueux,

L'édifice bâti sur le roc par le sage

Ne peut être ébranlé par l'effort de l'orage.

--- Vraiment, s'écrie Horace hors de lui transporté,

Un tel enseignement du ciel fut apporté,

Et lorsque le Sauveur, ô divine Marie,

Publiait cette loi, racontez, je vous prie,

Ce que le peuple juif en l'entendant disait.

--- Le peuple avec transport hautement s'écriait :

— Jésus en nous préchant sa sublime doctrine

Vient de nous démontrer sa nature divine ;

Il parle comme ayant le souverain pouvoir,

Croire en lui, l'adorer, c'est là notre devoir.

--- Partout, même au désert des troupes innombra-
[bles,

Avides d'écouter ses discours admirables

Le suivaient oubliant la fatigue et la faim,

Et lui, pour les nourrir, multiplia du pain

Et des poissons deux fois par sa toute-puissance.

Souvent de la prière il prêcha l'importance.

--- Celui qui, disait-il, veut se sanctifier,

Doit veiller sur lui-même, et sans cesse prier.

AVANTAGES DE LA PRIÈRE.

La prière est le port au moment de l'orage,

En route le bâton, l'aliment et l'ombrage,

Le bouclier, le glaive au milieu des combats,

La force et l'espérance à l'heure du trépas.

Or voici la plus sainte et meilleure prière

Qu'en toute circonstance à Dieu l'on puisse faire :

ORAISON DOMINICALE.

--- Notre père, en tous lieux que ton nom soit porté,

Que ton royaume arrive, et que ta volonté

Ainsi que dans le ciel sur la terre se fasse.

Donne-nous aujourd'hui notre pain et ta grâce.

Daigne nous pardonner, régler nos passions,

Nous délivrer du mal et des tentations.

    Le vice impénitent, l'estime de soi-même

Le Sauveur plusieurs fois les frappa d'anathême,

Tandis qu'il fut toujours d'une extrême bonté

Envers le repentir joint à l'humilité.

Une femme adultère, une samaritaine,

Le publicain Mathieu, Zachée et Magdeleine

De beaucoup de péchés obtinrent le pardon.

MADELEINE.

Comme il dinait un jour chez un certain Simon,

Le front baissé vers lui Madeleine s'avance,

Profondément s'incline et verse en abondance

Les plus rares parfums sur sa tête et ses pieds

Qui de ses longs cheveux sont ensuite essuyés.

Le pharisien Simon que ce procédé blesse

Pense qu'il ne sait pas que c'est la pécheresse

Couverte du mépris de toute la cité.

--- Simon, lui dit Jésus avec sévérité,

Tu ne m'as point servi, comme le veut l'usage,

De l'eau pour me laver les mains et le visage.

Mais vois-tu cette femme? elle a sur mes cheveux

Et mes pieds répandu des parfums précieux.

Tu ne m'as point baisé, tandis que cette femme

Livrée aux doux transports de l'amour qui l'en-
[flamme

En essuyant mes pieds de ses cheveux flottants

Les a tenus couverts de ses baisers longtemps.

Ma grâce aux cœurs contrits volontiers je la donne,

Elle a beaucoup aimé, beaucoup je lui pardonne.

LE MAUVAIS RICHE.

Jésus recommanda souvent la charité

Aux riches reprochant comme une iniquité

De ne pas secourir la pauvreté souffrante.

Il dit à ce propos l'anecdote suivante :

--- Un riche était vêtu d'une robe de lin

Et faisait tous les jours un splendide festin.

Un pauvre mendiait les miettes de sa table,

Mais de ce malheureux le riche impitoyable

Détournait son regard, et ne lui donnait rien,

Tandis que doucement de sa langue son chien

Léchait les pieds meurtris et sanglants de Lazare.

Qu'un jour arriva la mort du riche avare ;

Dans les feux de l'enfer il fut précipité.

Mourut aussi le pauvre ; il fut, lui, transporté

Dans le sein d'Abraham par une troupe d'anges.

Tandis qu'il y chantait du Seigneur les louanges,

Le riche de l'enfer vers lui levant les yeux,

Dans le sein d'Abraham le voyant glorieux ;

--- Père Abraham, dit-il, je souffre dans la flamme.

Qu'à mon malheureux sort soit sensible ton âme,

Par mes cris de douleur oh ! laisse-toi fléchir,

Que Lazare un instant vienne me rafraichir

La pointe de la langue... --- avec pleine justice,

Répondit Abraham, tu souffres ton supplice,

Car tu livras les sens aux grés de tes désirs,

Et Lazare au contraire a vécu sans plaisirs.

Celui-ci maintenant est dans la jouissance

De l'éternel bonheur, et toi dans la souffrance.

D'ici vers toi du reste on ne peut parvenir.

— Que Lazare du moins s'en aille prévenir

Mes cinq frères des maux que dans ces feux j'endure,

Pour qu'ils ne viennent point partager ma torture.

— Tes frères là-dessus peuvent être éclairés

Par les prêtres, aussi par les livres sacrés,

Qui suffisent pour faire à chaque homme connaitre

Tout ce qu'il doit savoir, sans besoin d'autre maitre.

— Il me semble qu'un mort serait mieux écouté.

— Trève de vains discours; s'ils ont l'impiété

De mépriser de Dieu l'infaillible langage,

Un mort ne serait pas écouté davantage.

LE BON SAMARITAIN.

Ce qui suit fut encor par mon fils raconté.

— Un homme était en route, avec brutalité

Un voleur tout-à-corp sur lui se précipite,

Le frappe d'un poignard, et le dépouille, ensuite

Le laisse demi-mort au milieu du chemin.

Quelques heures après passe un samaritain,

Qui voit ce malheureux, vite vers lui s'avance,

Lui soulève la tête, et tout d'abord le panse,

En le tenant pressé tendrement sur son sein,

Avec du sel, du baume et de l'huile et du vin.

Cela fait, à cheval il le monte avec peine,

Dans une hôtellerie au petit pas le mène,

Donne au maitre d'hôtel en entrant deux deniers

Et dit : --- A mon retour les frais seront payés.

Cet homme est bien malade, ayez la complaisance

De l'entourer de soins le temps de mon absence.

LES COMMANDEMENTS.

Un jeune homme bien riche au Sauveur dit un jour.

--- Pour que je sois admis au céleste séjour,

Bon maitre, enseignez-moi ce qu'il faut que je fasse,

---Pour avoir, dit mon fils, dans le ciel une place,

Il faut suivre ces lois avec fidélité :

---Adorez, aimez Dieu, faites sa volonté.

Aimez votre prochain pour Dieu comme vous-mêmes

Jamais de vains serments, encore moins de blasphèmes

Qu'un jour dans la semaine à Dieu soit consacré:

Plus que d'autres ce jour il doit être honoré.

Respectez vos parents, donnez-leur assistance,

Et vous mériterez une longue existence.

Evitez la colère, et montrez-vous humains,

Ne trempez dans le sang de personne vos mains.

Réprimez vos penchants, surmontez la nature.

Fuyez avec horreur les péchés de luxure.

La justice envers tous ; ne volez jamais rien.

Vos frères ont des droits respectez-les, leur bien,

Si vous eûtes le tort quelquefois de le prendre,

Loin de le retenir, hâtez-vous de le rendre.

Gardez-vous du mensonge et de tout faux serment,

Ne vous contentez pas d'éviter seulement

Les actes par lesquels l'âme serait blessée,

Chassez en le désir, et même la pensée.

— J'ai depuis ma jeunesse observé cette loi,

Répondit le jeune homme. — Encore écoute-moi,

Dit Jésus, tu n'as fait que le strict nécessaire,

Il reste maintenant une autre chose à faire;

Donne aux pauvres tes biens, et suis-moi, si tu veux

Etre compté parmi les parfaits, les heureux.

— Ce jeune homme tenait à sa grande fortune

Il trouva de Jésus la parole importune,

Et s'éloignant de lui, s'en alla tristement.

Le Sauveur donnant suite à son enseignement;

--- Ceux que l'argent, dit-il, à cette terre enchaîne
A faire leur salut auront beaucoup de peine;
Dans le trou d'une aiguille un chameau peut entrer
Plus aisément qu'au ciel un riche pénétrer.
--- Du salut, lui dit-on, vaine est donc l'espérance.
--- Grande est, répondit-il, du Seigneur la puissance.

LES ÉLUS AU JUGEMENT DERNIER.

Il dit une autre fois : --- avec la charité
On est sûr d'obtenir l'heureuse éternité.
Lorsqu'à la fin du monde avec magnificence
Je descendrai du ciel, qu'ensuite en ma présence
Les hommes paraîtront, afin d'être jugés,
Les justes à ma droite alors seront rangés.
Je leur dirai : --- venez vous asseoir sur des trônes,
Recevoir sur vos fronts de brillantes couronnes.
Par la faim et la soif plusieurs fois tourmenté
Je vous tendis la main, et je fus assisté.
Chez vous je fus reçu, quand j'étais en voyage.
Quand au lit me tenaient la maladie ou l'âge,
Pour m'entourer de soins vous m'avez visité,
Contre le mauvais temps vous m'avez abrité.

---Nous n'avons pas, Seigneur, diront-ils, souvenance

D'avoir fait envers vous d'œuvres de bienfaisance.

--- Ce que vous avez fait au plus petit des miens

Fut fait, leur répondrai-je, à moi-même, et je viens,

Vous accorder le prix de tous vos bons services.

Les bénis de mon père, inondés de délices

Dans la société des esprits glorieux

Vous serez près de moi dans la splendeur des cieux.

SENTENCES.

Laissez-moi rappeler maintenant les sentences,

Qu'énonça le Sauveur en maintes circonstances;

Pour venir à ma suite, il faut porter sa croix,

Se renoncer soi-même, et défendre mes droits.

Le salut de votre âme est votre unique affaire.

Cela seul vous importe et vous est nécessaire,

Et que sert en effet de gagner l'univers,

Si l'on a pour séjour ensuite les enfers,

Empire ténébreux, lieu d'horrible souffrance

Et d'où sera bannie à jamais l'espérance?

Laissez aux morts le soin d'ensevelir leurs morts,

Et du ciel recherchant les éternels trésors,

De la seule vertu poursuivez la carrière

Vous gardant de jeter vos regards en arrière.

Tristes, venez à moi, je puis vous soulager,

Car mon joug est suave et mon fardeau léger.

Que toujours sans orgueil votre aumône soit faite.

N'allez pas devant vous sonner de la trompette.

Difficile à franchir est la porte des cieux.

Tout le corps resplendit, lorsque brillent les yeux.

Il faut s'anéantir devant le Dieu suprême,

Estimer le prochain, se mépriser soi-même,

Avoir horreur du vice et de l'impiété,

Et du Seigneur en tout faire la volonté.

A suivre mon exemple, hommes, je vous convie;

Je suis la vérité, le chemin et la vie,

Le bon pasteur, qui sait mourir pour ses troupeaux

Enfin le cep, et vous, vous êtes les rameaux.

PARABOLES.

Pour graver plus avant dans l'esprit ses paroles,

Jésus souvent encor parlait en paraboles.

LE GRAIN.

Il dit un jour : — un homme alla semer du grain,

Dont une part tombant sur un second terrain

Au temps de la moisson rapporta le décuple,

Même en certains endroits le trente et le centuple.

D'une autre part semée en un terrain pierreux

Le soleil dessécha par l'ardeur de ses feux

Les précoces épis jusque dans leurs racines.

Une part fut jetée au milieu des épines,

En même temps que lui les épines croissant

Etouffèrent ce grain à peine renaissant.

Une dernière part qui tomba sur la voie,

Des oiseaux affamés bientôt devint la proie.

LES INDIFFÉRENTS.

Le grain figure ici la parole de Dieu,

Elle est dans tous les temps annoncée en tout lieu,

Mais des hommes les uns sont pleins d'indifférence,

Ils ne veulent en rien se faire violence,

Et leur cœur est foulé par les mauvais penchants,

Comme l'est un chemin par les pieds des passants.

A peine dans ces cœurs la semence est versée

Qu'elle est par le malin ravie et dispersée.

LES AVARES.

Un grand nombre à tout prix veut ramasser de l'or.

Le souci de grossir leur inique trésor

Fait à ceux-là de Dieu négliger le service.

Quand un homme est soumis au joug de l'avarice,

La foi lui dit en vain que sans la vérité,

Et surtout la vertu, tout n'est que vanité,

La vile passion qui dans son cœur domine

L'empêche de goûter cette sage doctrine.

LES FAIBLES.

D'autres de l'évangile aiment l'enseignement :

Ils passeraient leur vie assez honnêtement,

S'ils le pouvaient au prix de petits sacrifices,

Mais leur faut-il subir la mort ou les supplices,

Ou seulement braver les discours des méchants,

Et tenir asservis d'impétueux penchants,

De ces hommes trop mous le courage s'affaisse.

Trahissant leurs devoirs ils vivent par faiblesse,

Bien qu'à leurs yeux toujours brille la vérité,

Dans le sensualisme et dans l'impiété.

LES MARTYRS.

Tandis que la semence est en ceux-là stérile,

D'autres plus généreux suivent de l'évangile,

Quoiqu'il puisse en coûter, la doctrine et la loi :

Si même de leur sang il faut sceller leur foi.

Ils marchent au supplice, et dans leurs mains san-
[glantes

Ils portent triomphants des palmes éclatantes.

LES VIERGES.

Quand ne sévissent pas les persécutions,

S'ils ne peuvent mourir, du moins des passions

D'autres, pour plaire à Dieu, réprimant les licences,

S'interdisent des sens les viles jouissances,

Et dans leurs blanches mains pures de volupté

Ceux-là portent les lis de la virginité.

LES AUTRES SAINTS.

En d'autres la semence est un peu moins féconde;

Se mêlant beaucoup trop des affaires du monde

Ils pratiquent le bien moins énergiquement.

Remplissant leurs devoirs assez fidèlement,

Ils ont pourtant du zèle et la haine du vice

Et produisent aussi quelques fruits de justice.

Dans l'âme de ceux-là comme en un bon terrain

La parole de Dieu ne tombe pas en vain;

Ils lui font rapporter presque tous le décuple,

Plusieurs le trente, enfin quelques-uns le centuple.

L'ENFANT PRODIGUE.

Une fois pour montrer combien facilement
Il pardonne au pécheur qui véritablement
Fâché de sa conduite implore sa clémence,
--- Un homme avait deux fils, dit-il, l'expérience,
Au plus jeune manquait; à son vieux père un jour
Il dit : --- je n'aime pas cet ennuyeux séjour ;
Tout ce qui me revient de ma part d'héritage
Donne-le moi, je veux, comme ceux de mon âge,
M'instruire en voyageant, me faire un avenir.
--- Son père se désole, et pour le retenir
Il fait tous ses efforts, mais c'est peine inutile.

DÉPART.

Le jeune imprudent part, dans une grande ville,
Bien loin de son pays, avec des libertins,
Bientôt il se ruine en débauche, en festins,
Ensuite seul, pieds nus, portant sur la figure
Les signes flétrissants de sa conduite impure,
Il déserte la ville et va chez un fermier
Qui lui donne un troupeau de porcs à surveiller,
Et dans ce vil emploi le malheureux endure
Le froid, la faim, la soif ; pour comble de torture

Il compare son sort triste, ignominieux

Au tranquille bonheur qu'il goûtait dans les lieux

Où près de ses parents s'écoula son enfance.

Honteux de son opprobre et de son indigence :

— Quoi! se dit-il un jour, puis-je rester ainsi

Dans cet abaissement? c'en est fait, loin d'ici

J'irai trouver mon père. — Excuse mon offense,

Abaisse, lui dirai-je, un regard de clémence

Sur ton fils ramené vers toi par le malheur.

RETOUR.

— A ces mots il partit. Accablé de douleur,

Depuis qu'il l'a perdu, bien souvent son vieux père

Va sur une montagne et de là considère

Le chemin par lequel il doit venir. Enfin

Il le voit poindre un soir à l'horizon lointain.

Bien vite descendant du haut de la montagne

Il court, se précipite à travers la campagne,

Près de son fils arrive, avec transports d'amour,

En s'écriant : mon Dieu! pour moi quel heureux jour!

— Il se jette à son cou, contre son cœur le presse,

Le couvre de baisers, tendrement le caresse.

Le prodigue d'abord n'exprime qu'en sanglots

Son profond repentir, ensuite il dit ces mots :

--- Mon père, je t'en prie, excuse mon offense.

--- De son entier pardon lui donnant l'assurance

Son père de nouveau l'embrasse, et triomphant

Dans sa maison ramène aussitôt son enfant,

Dit à ses serviteurs : --- vous, égorgez de suite

Un des veaux les plus gras, et servez-nous bien vite

Avec d'excellents mets les vins les plus exquis.

Et vous, en attendant arrachez à mon fils,

Ce vêtement d'opprobre, ôtez cette souillure,

De parfums précieux oignez sa chevelure,

Mettez-lui cette robe aux longues franges d'or,

Au doigt cette émeraude, et de ces fleurs encor

Comme d'une couronne environnez sa tête.

LE FILS AÎNÉ.

— Pendant que l'on se livre aux plaisirs de la fête,

Le fils aîné revient de cultiver les champs.

Lorsqu'il entend les ris, les gais propos, les chants,

Il s'arrête à la porte. Apprenant que son frère

Vient enfin d'arriver, et que pour lui son père

A fait cuire un veau gras et donne un grand festin,

Il sent naître en son âme un violent chagrin,

Et lorsque devant lui son père se présente,

— Vraiment votre conduite est, dit-il, étonnante,

Votre plus jeûne fils insoumis, libertin

Dissipa follement dans un pays lointain

Ce qui lui revenait de sa part d'héritage.

Au lieu de le punir de son libertinage,

Quand il vient, vous courez le presser dans vos bras,

Et vous faites bien vite égorger un veau gras.

Pour moi (n'est-il pas vrai ?) je fus toujours tranquille,

Travaillant avec vous, à vos ordres docile,

Et vous ne m'avez pas fait le moindre cadeau,

Et je n'ai pas reçu de vous même un chevreau.

— Pourquoi te chagriner ? mon fils ? répond le père,

Ici tout t'appartient, mais ton malheureux frère

Etait mort, tout-à-l'heure il est ressuscité.

De sa perte longtemps j'eus le cœur attristé ;

Son retour aujourd'hui met fin à mon supplice,

Ne sois donc pas fâché que je m'en réjouisse.

PASSION

DE NOTRE-SEIGNEUR JÉSUS-CHRIST.

Après avoir des juifs instruit la nation,
Pendant trois ans, Jésus souffrit sa passion.

L'EUCHARISTIE.

Instituant d'abord la sainte eucharistie
Il voulut nous laisser dans l'adorable hostie
Jusqu'à la fin des temps de son humanité
Le corps, le sang et l'âme, et sa divinité.

L'AGONIE.

Au mont des oliviers il va la nuit tombante ;
Là son cœur est en proie au trouble, à l'épouvante,
Lorsque, pendant qu'il prie, à ses yeux vient s'offrir
Ce qu'à Jérusalem il doit bientôt souffrir.
— O mon père, dit-il, éloigne ce calice,
Epargne-moi l'horreur d'un si cruel supplice,
Soit faite cependant ta sainte volonté.
— Jusqu'à la mort mon fils est alors attristé.
Ruisselle sur son front une sueur sanglante.
Il lève au ciel les bras, et d'une voix tremblante

Répète sa prière, ensuite s'affaissant

La face contre terre il tombe en gémissant.

Bientôt pour alléger le poids de sa souffrance

Un ange étant venu lui prêter assistance,

Le Sauveur se relève, et se rend lentement

Où trois de ses amis dormaient profondément.

Après bien de faux pas enfin d'eux il s'approche,

Doucement les réveille, et leur fait le reproche

De n'avoir pu prier une heure seulement.

— La chair, ajoute-t-il, est faible, en ce moment

Plus que jamais au reste il vous est nécessaire

D'affermir dans le bien vos cœurs par la prière,

Pour ne pas succomber à la tentation.

— Comme il parlait, avec précipitation

Fondent sur lui des juifs qui de suite l'enchainent

Et vers Jérusalem rapidement l'entrainent.

En passant le Cédron, dans le lit du torrent

Il tombe... ses bourreaux de l'eau le retirant

Le front ensanglanté, le mènent au grand-prêtre.

JÉSUS DEVANT CAIPHE.

Devant son tribunal le faisant comparaitre

Caïphe ainsi lui parle avec sévérité :

— Tu fus un imposteur, mais ton iniquité

Va recevoir enfin sa juste récompense.

— Jésus baisse la tête et garde le silence.

Et le grand prêtre alors vivement irrité :

— Es-tu le fils, dit-il, du Dieu de vérité ?

— D'un ton ferme Jésus répond : — Je suis lui-
[même

— Ciel ! quelle impiété ! dit Caïphe, il blasphème,

Il est digne de mort. — A ces mots un valet

S'approche de mon fils et lui donne un soufflet.

LA FLAGELLATION.

Pilate ensuite doit confirmer la sentence.

Quoiqu'il connaisse bien sa parfaite innocence,

Il condamne (craignant une sédition)

Le Sauveur à subir la flagellation.

Des soldats à l'instant brutalement arrachent

Sa robe sans couture, et lui-même ils l'attachent

Contre un poteau de marbre, et de verges s'armant

Plus d'une heure à grands coups le frappent cons-
[tamment.

Témoin de son supplice (ô souvenance amère !)

Avec Jean près de Lui j'étais là, moi sa mère...

Tandis qu'en l'insultant le battaient ses bourreaux,

Je L'entendais gémir, je voyais en lambeaux

Par plus de mille coups meurtrie et déchirée

Sur la terre et les murs voler sa chair sacrée.

LE COURONNEMENT D'ÉPINES.

Enfin de la colonne est détaché mon fils,

Mais avant qu'il ait pu reprendre ses habits,

Il tombe, et par sa chute est meurtri son visage,

Et ses bourreaux alors ont le triste courage

De lui faire subir un supplice nouveau.

L'un d'entre eux rudement le relève. Un roseau

Est placé dans ses mains; sa-tête est couronnée

D'épines... Des soldats la troupe forcenée

Ce souvenir me fait encor frémir d'horreur)

Environne mon fils, l'insulte avec fureur.

Ils lui mettent d'abord un voile sur la face,

Puis successivement devant lui chacun passe,

Et dit en lui donnant avec force un soufflet:

— Qui de nous t'a battu? devine, s'il te plait.

— Contre lui poursuivant le cours de leurs outrages

Ils s'agenouillent tous. Nous t'offrons nos hommages

Disent-ils, roi des juifs, à tes pieds est ta cour.

— Se relevant bientôt ensuite tour-à-tour

Ils tirent ses cheveux, crachent sur sa figure.

Enfin pour mettre encor le comble à sa torture,

Les bourreaux donnant suite à leurs jeux inhumains
Otent violemment le roseau de ses mains,

Et sous les rudes coups qu'à la tête on lui donne
Dans son crâne et ses yeux s'enfonce la couronne.

En voyant les soldats traiter ainsi mon fils
Telle fut ma douleur que je m'évanouis...

— Cet affreux souvenir l'accablant de tristesse,

Marie en achevant ces mots soudain s'affaisse

Pâle et les yeux couverts des ombres du trépas.
Virgilie empressée accueille dans ses bras

Et puis avec transport presse sur sa poitrine

Sa mère..., dont le front près de son cœur s'incline.

Horace et surtout Jean touchés de ses douleurs
Ne peuvent s'empêcher de répandre des pleurs.

Marie en revenant de son émoi soupire,

Et demeure longtemps à ne pouvoir rien dire,

En ces mots continue ensuite ses récits :

— Quand je repris mes sens près de moi seul assis

Jean, le cœur agité des plus vives alarmes,

Se lamentait baignant la terre de ses larmes.

Tout-à-coup Madeleine à mes yeux vint s'offrir ;

D'un pas précipité je la vis accourir ;

Ondoyait sur le cou sa longue chevelure,

Et des torrents de pleurs inondaient sa figure.

— A mon fils que fait-on? lui dis-je. Elle, en ces mots :

— Votre fils, répond-elle à travers ses sanglots,

Votre fils, ô Marie, une foule implacable

D'injures et de coups le poursuit et l'accable.

JÉSUS DEVANT PILATE

Un roseau dans les mains, d'épines couronné

Il est devant Pilate en prem'er lieu trainé,

Et de suite aux regards de la foule insolente

Qui déjà par ses cris le trouble et l'épouvante

Le lâche proconsul l'a présenté disant :

— Voilà l'homme. — Jésus était triste, baissant

La tête, et ruisselaient le long de son visage

Des larmes et du sang; d'une fureur sauvage

Animés contre lui, tous les juifs ont crié :

— Cet homme, nous voulons qu'il soit crucifié,

Livre-le sans retard au plus affreux supplice,

Qu'il disparaisse enfin, ôte-le, qu'il périsse.

— Un certain Barabbas est ensuite amené.

(Pour ses crimes à mort on l'avait condamné).

Pilate a dit aux juifs : --- à Pâques c'est l'usage

De délivrer un homme; eh bien ! je vous engage

A faire votre choix. Voyons, qui voulez-vous ?

Barabbas ou Jésus ? --- on répond : donne-nous

Barabbas, c'est pour lui que nous demandons grâce.

— Mais enfin ce Jésus, que faut-il que j'en fasse ?

— Et de nouveau les juifs tous ensemble ont crié.

--- Ote-le sans retard, qu'il soit crucifié.

— Votre roi, voulez-vous que je le crucifie ?

— Nous n'avons d'autre roi que César; sacrifie

Cet homme; s'il t'inspire un peu trop de pitié,

Sache que de César tu perdras l'amitié.

— Pilate de la foule entendant la menace,

Et craignant de se voir dépouiller de sa place,

A fait porter de l'eau, s'en est lavé disant :

— Juifs, vous êtes témoins que cet homme inno-
[cent

A son malheureux sort contre mon gré succombe.

— Les juifs ont répondu: — Que son sang sur nous
[tombe.

JÉSUS DEVANT HÉRODE.

A mourir sur la croix Jésus est condamné ;

Mais avant de subir la mort, il est mené

Chez Hérode à travers l'immense populace

Qui l'insulte, tandis qu'entre ses rangs il passe.

Dès qu'il est arrivé dans le palais du roi,

Le faisant comparaitre aussitôt : — Devant moi,

Dit le prince orgueilleux, prononce quelque oracle,

Fais ici, comme ailleurs, quelque brillant miracle.

Cela te servira, car sache que je puis

Te prêter mon concours contre tes ennemis.

— Jésus ne répond rien. Choqué de son silence,

--- Cet homme, a dit le roi, manque d'intelligence.

— Alors les courtisans l'ont bafoué, battu,

Et d'une robe blanche ensuite l'ont vêtu.

RETOUR AU PRÉTOIRE.

Ramené vers Pilate, avec peine il traverse

Les flots du peuple vil, dont la haine perverse

Eclate en ris moqueurs, en cris injurieux.

Les pharisiens surtout paraissaient furieux,

J'ai même vu plusieurs de ces paralytiques,

Aveugles, possédés, sourds-muets hydropiques...

Miraculeusement par le Sauveur guéris,

Et de ceux qu'au désert deux fois il a nourris,

Je les ai vus, bien loin de prendre sa défense,

Signaler contre lui leur cruelle insolence.

Saisie à cet aspect d'une profonde horreur,

Frémissant de colère, et bravant leur fureur

Au devant des bourreaux tout-à-coup je m'élance.

-- Ah! de grâce, leur dis-je. épargnez l'innocence.

Osez-vous bien ainsi, monstres d'iniquité,

Battre et couvrir d'affronts le Dieu de sainteté ?

-- Pour réponse un vieux juif me frappe à la figure.

Un autre saisissant ma longue chevelure,

Me traine dans la boue, et contre moi j'entends

La foule proférer des propos insultants.

Sitôt que je le puis, me relevant bien vite

Je cours vers le Sauveur me remettre à sa suite.

Dans le prétoire enfin épuisé, dégoûtant

De sang et de sueur il arrive; à l'instant

Des soldats l'ont chargé du bois du sacrifice,

Et maintenant il monte au lieu de son supplice.

JÉSUS MONTE AU CALVAIRE.

-- A peine est terminé ce récit, que je vois

Venir péniblement en portant une croix

Mon fils... de ses bourreaux la troupe l'environne.

Tandis que avec fureur on le bat, qu'on lui donne

Des soufflets, Il s'avance et vers moi se penchant

Il me jette un regard qui comme un fer tranchant
Me déchire le cœur... à la foule mêlée

Je Le suis en pleurant et l'âme désolée.

JÉSUS CONSOLE LES FILLES DE JÉRUSALEM

Il montait avec peine, et je le vis trois fois

Tomber en gémissant sous le faix de sa croix.

Des bourreaux sous mes yeux la cohorte implacable

Fit chaque fois pleuvoir sur son corps adorable

Une grêle de coups... les filles de Sion

Seules eurent pour Lui de la compassion.

A sa vue éprouvant une tristesse immense

Elles versent d'abord des larmes en silence,

Ensuite déplorant hautement son malheur

Elles poussent ensemble un long cri de douleur.

Jésus leur dit alors d'une voix attendrie :

—Ne pleurez pas sur moi, mais sur votre patrie,

Car bientôt les Romains doivent de toutes parts

Accourir pour cerner, détruire vos remparts,

Et faire de Sion un monceau de ruines,

Et vous crierez : --- Sur nous, tombez monts et
[collines.

--- Sur elles à ces mots Il a levé la main,

Afin de les bénir, mais un soldat romain

Donne un grand coup de verge à sa main bénissante·

Sans rien dire mon fils reprend sa croix pesante,

Et se remet en marche au milieu des sanglots

Que les femmes mêlaient aux clameurs des bour-
[reaux.

JÉSUS EN CROIX.

Lorsqu'Il arrive enfin au sommet du Calvaire,

Une dernière fois encor dans la poussière

Sous son faix accablant il tombe... ô cruauté !

On arrache sa robe avec brutalité

De sa chair en lambeaux et de sang ruisselante.

Puis on couche la croix sur la terre sanglante

Et sur elle s'étend le Sauveur. A grands coups

Dans ses pieds et ses mains sont enfoncés des clous.

Tous ses nerfs sont rompus, par torrents son sang
[coule,

Et le divin agneau promène sur la foule

Qui l'entoure et l'insulte un regard de bonté.

Ensuite dans le sol lorsque l'on eut planté

L'instrument du supplice, avec Jean, Madeleine,

Et la mère de Marc, et la samaritaine.

Trois heures je restai debout près de la croix,

Et j'entendis Jésus crier deux ou trois fois :

— Pourquoi m'abandonner ? ô mon père, ô mon père,

—Après, il dit à Jean : — mon fils, voilà ta mère.

Puis s'adressant à moi : Femme voilà ton fils.

— Mon père, ajouta-t-il, pour tous mes ennemis

Je te demande grâce, excuse leur offense.

— De mon fils imitant la divine clémence

'Aux hommes, comme Lui, je pardonnai leurs torts,

Et comme mes enfants je les aimai dès lors.

JÉSUS EXPIRE.

Pendant que les bourreaux le poursuivent d'injures,

Jésus souffre en son corps d'effroyables tortures.

Sa dernière parole est : Tout est consommé.

— Enfin par la souffrance et l'amour consumé

Il incline la tête, et de suite il expire.

A la mort de son Dieu la terre se déchire,

La crainte et le remords s'emparent des bourreaux,

Les morts ressuscités sortent de leurs tombeaux,

Et déjà le soleil s'étant voilé, le monde

Trois heures est resté dans une nuit profonde.

Tandis que la nature ainsi tremble d'effroi,

Si vive est ma douleur, si poignant mon émoi,

Qu'à ma longue souffrance à la fin je succombe,
Et m'évanouissant près de la croix je tombe.

LE CŒUR DE JÉSUS EST PERCÉ D'UNE LANCE.

Quelques instants après je ne rouvre les yeux,
Que pour être témoin d'un spectacle odieux.
Vers la croix où mon fils vient de mourir s'avance
Un des soldats romains, et d'un coup de sa lance
Le côté du Sauveur est tout-à-coup percé.
De son cœur que la mort avait déjà glacé
Une blessure large et depuis lors béante
Laisse échapper des flots d'une eau toute sanglante,
Et le soldat connu sous le nom de Longin
Par ce nouveau miracle est converti soudain.
Confessant de Jésus la nature divine
Il s'en va sanglottant et frappant sa poitrine.
Pour moi, du même coup dont mon fils est blessé
J'ai, comme Siméon me l'avait annoncé,
Le cœur profondément déchiré ; ma tristesse
Est sans bornes, encor je chancelle et m'affaise.

JÉSUS EST REMIS A SA MÈRE.

Cependant le Sauveur est bientôt doucement
Descendu de la croix ; de mes bras tendrement

Je l'entoure, et lui baise en pleurant la figure,

Les pieds, les mains, et puis sa chevelure,

Ses oreilles, son front, et sa bouche et ses yeux

Je les oins tour-à-tour d'un baume précieux.

JÉSUS EST ENSEVELI.

Une dernière fois ensuite je l'embrasse,

Et lève au ciel les mains, et de mes bras il passe

Dans ceux de Nicodème et de Joseph ; tous deux

Avec un sentiment d'amour respectueux

Portent le corps sacré qu'enveloppe un suaire

Dans un sépulcre neuf, au dessous du Calvaire.

VIE GLORIEUSE

DE NOTRE-SEIGNEUR JÉSUS CHRIST.

Au milieu de la nuit, trois jours après sa mort,

Se présente à mes yeux mon fils, qui tout d'abord

Me pressant dans ses bras; — réjouis-toi, ma mère,

Me dit-il, du tombeau secouant la poussière

Tout-à-l'heure je viens d'en sortir glorieux,

Et ne tarderai pas à remonter aux cieux.

JÉSUS APPARAIT A MADELEINE.

Bientôt après je vois au Cénacle hors d'haleine

Et les yeux rayonnants accourir Madeleine

— Reine des cieux, dit-elle, oh! réjouissez-vous,

Parce qu'il est vivant, et même parmi nous

Celui dont vous avez la gloire d'être mère.

Je l'ai vu de mes yeux éclatant de lumière.

Il m'a parlé, je viens de l'adorer... voici

La chose en quelques mots : vous laissant seule ici

J'allais au Saint-Sépulcre, au lever de l'aurore,

Emmenant Salomé, Marthe, Mire et Séphore.

Comme nous nous disions : la pierre du tombeau

Est grande, et puis les juifs, ont apposé leur sceau,

Qui nous la lèvera ? — devant nous se présente

Un jeune homme couvert d'une robe éclatante.

--- Femmes, nous a-t-il dit, le Rédempteur divin

Triomphant de sa tombe est sorti ce matin.

--- L'âme profondément à ces mots attristée,

Mes compagnes s'en vont. Seule je suis restée ;

A mes larmes donnant alors un libre cours

Et remplissant les airs de cris plaintifs, je cours

De tous côtés cherchant où l'on aura pu mettre

Le corps de mon Jésus, lorsque je vois paraître

Un homme devant moi : de suite l'abordant :

--- Où pourrai-je le voir ? lui dis-je en sanglottant.

Où l'a-t-on mis ? Veuillez bien vite m'en instruire.

--- Alors me regardant avec un doux sourire ;

--- Madeleine, A-t-il dit. --- à l'instant, ô bonheur !

J'ai reconnu sa voix. C'était Lui... mon Seigneur,

Mon roi, mon Dieu ! ! ! tombant à ses pieds je
[L'adore.

Lui, me touchant au front : --- va, me dit-il encore,

Prévenir mes amis qu'ils me verront bientôt.

--- Cela dit, je l'ai vu disparaître aussitôt .

En traçant dans l'espace un sillon de lumière.

Me relevant je cours d'abord vers vous, sa mère.

Que vous êtes heureuse ô Mère de mon Dieu !

Il ne tardera pas sans doute dans ce lieu : ...

JÉSUS APPARAIT A PIERRE ET A JEAN.

Tandis que me parlait encore Madeleine,

Arrivent Pierre et Jean. --- du ciel auguste reine,

Que votre âme, ont-ils dit en entrant tout d'a-
[bord.

A la joie en ce jour se livre avec transport.

Sur la mort votre fils remportant la victoire

Est sorti ce matin de sa tombe avec gloire.

Tous deux nous L'avons vu de splendeur entouré,

Prosternés devant Lui, nous L'avons adoré.

JÉSUS APPARAIT A SES DISCIPLES RÉUNIS.

Sitôt que dans Sion est connu le miracle,

Les disciples joyeux vite dans le cénacle,

Pour me féliciter, s'empressent d'accourir.

Tout-à-coup le Sauveur à nos yeux vient s'offrir.

De gloire et de bonheur son visage rayonne ;

Respectueusement de suite on l'environne.

-- Voyez, dit-il, mes mains, mes pieds et mon côté.

--- Tous alors convaincus de sa Divinité

L'adorent, et moi-même humblement je m'incline,

Mais mon fils me relève et contre sa poitrine

Longtemps entre ses bras me presse tendrement.

J'eus le cœur inondé dans cet heureux moment

D'une joie ineffable, et souvent dans la suite
Jusqu'à l'ascension je reçus sa visite.
Près de Tibériade, en differents endroits
Les apôtres aussi Le virent plusieurs fois;

JÉSUS ENVOIE LES APOTRES PRÈCHER L'ÉVAN-GILE.

Et le Seigneur leur dit un jour en ma présence:
--- Allez dans tous les lieux porter la connaissance
De la bonne nouvelle aux nations, aux rois;
Prêchez leur hautement ma doctrine et mes lois.
Le règne de l'erreur, il est temps qu'il finisse,
Que partout brille enfin le soleil de justice.
Avec vous je serai jusqu'à la fin des temps.
Recevez l'Esprit-Saint, des hommes pénitents
Remettez les péchés, et de la terre entière
Soyez à l'avenir le sel et la lumière.

JÉSUS ÉTABLIT PIERRE CHEF DE L'ÉGLISE.

Ensuite s'adressant à Pierre seul, Il dit :
--- Fils de Jean, m'aimes-tu ?-- l'apôtre répondit :
--- Je Vous aime, Seigneur. --- Que toute mon
[église
Te soit, reprit mon fils, dorénavant soumise.

JÉSUS MONTE AU CIEL.

Quarante jours après la Résurrection,

Non loin de Béthanie, eut lieu l'Ascension.

Le Sauveur nous mena sur la haute colline

Couverte d'oliviers, dont le sommet domine

La ville déicide et delà vers les cieux

Soudain quittant la terre il monta glorieux,

Escorté par les chœurs des célestes phalanges

Qui de leur Dieu chantaient à l'envi les louanges.

Ainsi que le soleil nous voyions resplendir

Sa figure Divine, et ses mains nous bénir,

Tandis qu'il poursuivait dans les airs son voyage.

Il disparut bientôt dans un brillant nuage

Nous laissant tous plongés dans le ravissement.

Nous revinmes ensuite à Sion lentement

Déplorant de Jésus, chemin faisant, l'absence.

Triste fut ici-bas dès lors mon existence.

Oh! quand pourrai-je voir enfin luire le jour

Où j'abandonnerai ce douloureux séjour!

Tu sais, mon Divin Fils, le désir qu'a ta mère

De Te revoir au ciel; écoute ma prière :

Vingt-trois ans loin de Toi, c'est bien longtemps
[souffrir,

Termine mon exil, fais moi bientôt mourir.

  Quand Marie eut parlé, régna dans l'assistance

Profondément émue un moment de silence.

Horace était surtout plein d'admiration.

--- A Jésus désormais mon adoration

Et mon amour, dit-il, je crois et je confesse

Qu'il est Dieu : ma raison devant la foi s'abaisse,

Au baptême daignez m'admettre promptement.

--- Jean lui dit : --- croyez-vous en un Dieu seule-
[ment,

Le Père qui créa le ciel, la terre et l'onde,

Le Fils fait homme et mort pour le salut du monde,

L'Esprit-Saint qui procède et du Père et du Fils,

Et donne force aux cœurs et lumière aux esprits?

Encore croyez-vous l'Eglise universelle,

La résurrection, et la vie éternelle ?

--- Je crois, répond Horace, et la grâce m'aidant,

J'espère en ma croyance être toujours constant.

A Satan je renonce, et lui dis : anathême.

--- Jean sur son front alors versa l'eau du bap-
[tême,

Et dans le même instant se présente à ses yeux

Auprès de Virgilie un ange radieux.

Quelques heures après la divine Marie,

Avec elle l'apôtre, Horace et Virgilie

Par un temps clair et doux sur un vaisseu mon-
[taient

Et pour se rendre ensemble aux lieux saints, ils
[partaient.

Le vaisseau vent en poupe allait à pleines voiles

Sous un ciel diapré de splendides étoiles.

Comme Marie assise un instant à l'écart

Et tenant élevé vers les cieux son regard

Des globes lumineux admirait en silence

Les révolutions et la magnificence,

Horace dit à Jean : — avec un grand bonheur

J'ai ce soir entendu l'histoire du Seigneur

Et celle en même temps de sa Divine Mère

Depuis que dans son sein s'accomplit le mystere

De l'Incarnation jusqu'au jour glorieux

Où son fils remonta triomphant dans les cieux.

Vous, maintenant veuillez me dire sa naissance

Et comme elle passa les jours de son enfance.

L'IMMACULÉE CONCEPTION DE MARIE.

--- A cette question l'apôtre répondit :

--- Voici sur ce sujet ce qu'un ange m'a dit !

--- A la commune loi Dieu voulut bien soustraire

Celle qu'il destinait à devenir sa mère

Elle n'eut point de tâche en sa conception.

(Avec transports d'amour et d'admiration

Le monde accueillera l'infaillible sentence

Qui doit en ce mystère imposer la croyance.)

LA NATIVITÉ DE MARIE.

Elle augura le jour de sa nativité

Le triomphe du bien et de la vérité.

En elle saluant sa reine et sa maîtresse

La terre en ce beau jour tressaillit d'allégresse.

Satan grinça des dents et rugit de fureur,

Chaque âme de l'enfer frémissant de terreur

Sentit plus vivement l'horreur de ses supplices,

Tandis que dans le ciel un surcroit de délices

Augmenta le bonheur des esprits glorieux.

De la Divine Enfant leurs chants harmonieux

Exaltèrent le nom, bénirent la naissance.

--- Chef d'œuvre de mes mains, dit avec complai-
[sance.

En La considérant, la sainte Trinité :

Rien dans tout l'univers n'égale ta beauté.

Du soleil devant toi la lumière s'efface ;

Conçue immaculée et pleine de ma grâce,

Tu surpasses l'éclat, la pureté des cieux.

--- Ensuite s'adressant aux anges radieux :

Que dix mille du ciel, dit le Seigneur, descendent,

Auprès de cette enfant sur la terre se rendent,

Et Lui soient désormais une brillante cour.

--- S'élançant à ces mots du céleste séjour

D'anges resplendissants de suite une phalange

Près de Marie accourt, La salue et se range

Autour de son berceau respectueusement.

Possédant la raison dès le commencement

Marie offre dès lors au Seigneur ses louanges.

Souvent mêlant sa voix à celles de ses anges

Elle chante avec eux en de pieux concerts

La gloire de Celui qui créa l'univers

D'un seul mot par un jeu de sa toute-puissance.

PRÉSETATION DE MARIE AU TEMPLE.

Par ses pieux parents dès sa plus tendre enfance,

A trois ans dans le temple elle se fit mener.

Aux pieds des saints autels courant se prosterner

Au Seigneur en ces mots elle fit sa prière :

--- Mon Dieu, je me consacre à vous seul toute en-
[tière.

Que mon cœur à jamais brûle de votre amour ;

Le monde ne m'est rien ; à vous seul dès ce jour

Les aspirations, les désirs de mon âme,

--- Et sentant redoubler le transport qui l'enflamme:

--- Seigneur, dit-elle encore, ô Dieu de pureté,

Sans retour je me voue à la virginité.

--- Ensuite se mêlant à d'autres jeunes filles

Qui, comme elle, ont quitté leur pays, leurs familles

Pour passer leur enfance au service de Dieu,

Dix ans l'auguste vierge habite le saint lieu,

Et toujours on la voit humble, douce, pieuse,

Modeste, obéissante, envers tous gracieuse,

Du monde méprisant les funestes plaisirs

Et d'après ses devoirs réglant tous ses désirs

A peine eut-elle atteint sa quatorzième année

Qu'elle épousa Joseph, et par lui fut menée

De suite à Nazareth, où parut à ses yeux

L'archange Gabriel qui du plus haut des cieux

Lui venait annoncer l'ineffable mystère

Du Verbe désirant qu'elle devint sa mère

Tout en restant fidèle à sa virginité.

— De Dieu soit faite en moi la sainte volonté.

VISITATION DE MARIE.

Dit Marie. — apprenant encor qu'en sa vieillesse

Sa cousine a conçu, bien vite elle s'empresse

De quitter Nazareth, vers elle d'accourir,

Et sitôt qu'à ses yeux elle la voit s'offrir,

Levant aux cieux les mains Elisabeth s'écrie :

— Soyez la bienvenue, ô très-sainte Marie.

D'où me vient ce bonheur que je voie en ce lieu

Arriver aujourd'hui la mère de mon Dieu ?

A peine votre voix a frappé mon oreille

Qu'en moi s'est accompli une grande merveille :

J'ai senti mon enfant tressaillir dans mon sein.

Vous êtes bienheureuse, et du Verbe Divin

Devenu votre fils unis aux chœurs des anges

Les hommes à jamais publieront les louanges.

— Marie entonne alors le cantique pieux

Qu'elle a chanté depuis bien souvent : — roi des
[cieux,

So's béni; tu daignas regarder ta servante,

Et la combler de biens; ta main toute-puissante

Forçant les orgueilleux à courber leur grandeur

Voulut bien revêtir les humbles de splendeur.·

Brisant des potentats les sceptres et les trônes

Sur le front des petits tu plaças des couronnes

Et grâce à tes bienfaits, dans la suite des temps.

L'univers me rendra des honneurs éclatants.

Lui-même sans tarder objet de ta clémence

Va recevoir les dons de ta munificence.

TEMPÊTE.

— L'apôtre ainsi parla. Cependant Lucifer

Déjà depuis longtemps maudissant dans l'enfer

Celle dont le talon avait foulé sa tête

Pense de sou'ever contre elle une tempête.

De son trône brûlant il s'élance en fureur.

A son horrible aspect ont frissonné d'horreur

Les êtres répandus dans l'air, la terre et l'onde,

Et par lui déchaînés des quatre bouts du monde

. Tous les vents en sifflant s'abattent sur les flots.

Leur bruit fait de terreur pâlir les matelots.

Le ciel devient brumeux, l'obscurité profonde.

Tandis qu'avec fureur la foudre éclate et gronde,

Des ombres de la nuit de sinistres éclairs

Augmentent les horreurs en sillonnant les airs.

De la mer en courroux vers ses rives tremblantes

Et contre le vaisseau les vagues écumantes

D'un cours impétueux roulent en mugissant.

Marie est sur le pont debout, resplendissant,

Etoile de la mer, d'une lueur sereine.

On voit qu'Elle est des flots la maîtresse et la reine.

Quand la vague s'entrouvre et que sur un récif

Court risque en s'y heurtant de se briser l'esquif,

Les anges sur leurs mains par un effort sublime

Le retiennent dans l'air au dessus de l'abîme.

Lucifer, lorsqu'il voit ses efforts impuissants,

Maudit le ciel, la terre et les flots et les vents,

Et rentre au noir séjour grinçant des dents de rage.

A peine est-il parti que s'apaise l'orage.

Un doux zéphyr succède aux autans furieux,

La lune reparait brillante dans les cieux,

Comme un miroir, la mer doucement ondulée

Réfléchit les splendeurs de la voûte étoilée.

MARIE AU CÉNACLE

A l'heure le vaisseau file quatorze nœuds.

Après avoir longé sans incident fâcheux

Au bout de quatre jours Rhodes, la Cilicie.

Chypre, les monts Libans, enfin la Phénicie,

Il dépose à Joppé les nobles pèlerins.

Tous les quatre aussitôt partent pour les lieux-saints,

Et dans moins de trois jours sont rendus au Cénacle.

Où de diverses parts transportés par miracle

Les apôtres déjà après se trouvent rassemblés.

Qui dira le bonheur dont ils furent comblés,

Quand parut devant eux leur divine maitresse ?

Tous, le cœur inondé d'une douce allégresse,

Environnent Marie, et chacun tour-à-tour

Lui témoigne sa joie et son ardent amour.

De son côté Marie est pleine de tendresse,

Elle leur parle à tous, doucement les caresse,

Puis leur dit :--- mes enfants, aujourd'hui le Seigneur
Satisfaisant mes vœux m'accorde le bonheur
D'aller de cet exil dans la sainte patrie :
Bientôt je reverrai mon fils... je vous en prie,
Ne vous affligez pas, si, pour voler aux cieux,
Mon âme libre enfin va quitter ces bas-lieux.
Encore quelques jours de travail, de souffrance,
Et nous nous reverrons. Courage et patience.
Je veillerai sur vous, comptez sur moi toujours,
Et dans tous vos besoins demandez mon secours;
J'écouterai du ciel toujours votre prière.
Au reste vous savez que je suis votre mère.
Laissez-moi maintenant exprimer un désir ;
Pour la dernière fois faites-moi le plaisir
De m'apporter bientôt la Sainte-Eucharistie.

MORT DE LA SAINTE VIERGE.

Pierre va tout d'abord Lui chercher une hostie.
A peine est dans son cœur le divin Sacrement
Qu'Elle tombe aussitôt dans le ravissement,
Et d'un céleste éclat son visage rayonne.
Ensuite doucement sa force L'abandonne,

Quelques heures après Elle expire d'amour,

Et son âme s'envole au glorieux séjour.

Dès qu'ils sont avertis de sa mort précieuse,

De chrétiens éplorés une troupe anxieuse

Au Cénacle bien vite accourt en gémissant.

Avec amour, respect tour-à-tour se baissant

Vers la couche funèbre où leur reine repose,

Chacun baise ses pieds, de larmes les arrose.

Triste jusqu'à la mort, Jean, le front consterné,

Le cœur brisé, longtemps demeure prosterné

Près de la Sainte Vierge, et souvent il L'embrasse,

Et demande au Seigneur en sanglottant la grâce

De rejoindre bientôt sa mère dans les cieux.

FUNÉRAILLES DE LA SAINTE VIERGE.

On étend sur Marie un voile précieux,

Puis des faisceaux de fleurs sont rangés en couronne

Sur sa tête bénie, et comme sur un trône

De virginales mains La placent doucement

Sur un lit décoré très-somptueusement.

Tristement vers la terre inclinés, en silence,

Précédés et suivis par une foule immense

De fidèles en pleurs venus de toutes parts
Les apôtres ensuite au-delà des remparts .
Portent en alternant la dépouille très-sainte
Dans un tombeau creusé non loin du mur d'enceinte.

L'ASSOMPTION DE LA SAINTE VIERGE.

Jean vit la nuit d'après s'élever vers les cieux
En cercles réunis des anges radieux
Qui chantant sur le monde et la mort sa victoire,
Portaient la Sainte Vierge au séjour de la gloire.
Lorsqu'Elle est dans les lieux éclatants de splendeurs
Où sans voile aux élus Dieu montre ses grandeurs,
Marie entre les rangs d'une foule brillante
Jusque vers le Très-Haut s'avançant triomphante
Monte au-dessus des chœurs d'abord de tous les
⌈saints,
Puis des Principautés, aussi des Séraphins,
Des Dominations, des Chérubins, des Anges,
Des Pouvoirs, des Vertus, des Trônes, des Archanges.

LE COURONNEMENT DE LA SAINTE VIERGE.

--- Ma fille, viens ici, dit le Père Éternel,
Tu seras couronnée en ce jour solennel.

— Viens, dit le Saint-Esprit, Vierge pleine de grâce,

Mon épouse, à ma droite ici viens prendre place.

— Ensuite Jésus-Christ respectueusement

La presse dans ses bras, et Lui dit tendrement :

— O toi, qui m'as porté dans ton sein, bonne mère,

Viens t'asseoir sur ce trône éclatant de lumière.

Laisse-moi couronner ton front resplendissant,

Et mettre dans tes mains ce sceptre éblouissant ;

Sois la Reine à jamais des célestes phalanges.

— Devant Elle à ces mots et les saints et les anges

S'inclinèrent, et Jean les entendit encor

Unissant à leurs voix les sons de lyres d'or

Dans leurs divins concerts bénir leur souveraine.

Ils disaient :— Gloire à Dieu, louange à notre Reine.

— Toute l'éternité ce chant harmonieux

Depuis lors retentit au séjour glorieux.

Le Puy, imprimerie PRAR-SIER.

www.ingramcontent.com/pod-product-compliance
Lightning Source LLC
Chambersburg PA
CBHW060438260626
47161CB00005B/1974